내가
안 했어요

내가
안 했어요 3

민형 글
김준석 그림

FILE.24

보소!!
변호사 양반!!

www.smpa.go.kr

거 어디서 주워들었는진
몰르겠는디!

마 형사님.
이쪽 자린
누가 쓰고 있죠?

응…?

아…
그긴 이 형사
자린디…

나가 원래
잘 깜빡깜빡하고
다녀서 그런…

…가 아니라!!
사람이 말하고 있는디
갑자기 막 끊…

이 형사님은
지금 어디에?

오늘은 삐번이라
내일은 돼야 나올낀…

아니… 잠깐!!
내 말을 먼저
들으라니껀!!

아하~

저희는 사실
구의동 연쇄살인 사건에 대한
의뢰를 맡아 조사하는 중입니다.

깜짝

머… 머머멈머머?!
사… 살인?!

그렇습니다.
살인 사건이요.

그런데 조사를
하던 도중…

내 신분증이?!
난 전혀 못 들었는디?!

형사님의 경찰 신분증이
부정한 용도로 사용된 흔적을
발견하게 된거죠.

부들

자… 잠깐!!
스톱!!

아아~ 진정하세요, 형사님.
모르시는 게 당연하죠…

아마도 이 형사님이
마 형사님 신분증을 몰래
사용한 것 같습니다.

흠칫

저희도 여기 와서야
눈치챘는데…

이 형사아?!

아마도
돌아오는 주쯤 해서,
내부 감찰이 뜰 텐데…

이 상태대로면
애꿎은 마 형사님만
곤란해지시겠네요…

어떻습니까?
조금만 협조해주시면
제가…

지금 내를
협박하는거?!

나가 이래봐도
형사여, 형사!!

고런 얄은 수작질로
감히 날 이용해
먹으려는거?!

나가 신분증을 흘린 사실을 어서 주워들었는지는 몰러도!!

크크크…

아무 근거도 없이 글케 협박한다꼬 홀랑 넘어갈 줄 아는거?!

군이 저를 믿고 안 믿고 할 필요가 뭐 있겠습니까?

마… 말 돌리지 말고 떡바로 혀!! 그게 무신 소리여…

꿈틀

어렵게 돌려 생각할 것 없습니다.

제가 한 말이 사실인지 아닌지 의심스러우시다면

직접 확인하시면 되잖습니까?

이 형사님 본인 한테요.

크아아아앙
푸우...

크아아아아앙
푸우우우우...

크아아앙...

봉필이 형님,
아침이요! 아침!

탁 탁 탁

크허커어어엉!!

끄으아하아암~

찬석이
자네 왔는가?

아~까 왔습니다~
세상모르고
주무시고 계시던걸요?

마, 사람이 어뜨케 잠도 안 자고 버티냐 짜슥아.

당직이잖아요~ 나 참~! 암튼 별일 없었죠?

별일?

말도 마라~ 먼 놈의 짜슥이 몰래 들어왔는지 어쨌는지,

내 자리따가 이상한 쪽찌를 남기고 갔다니께?

이상한… 쪽지요…?

13

3주 전에 네가 한 짓의
증거를 가지고 있다!

들키고 싶지 않으면
오늘 오후 3시에 서울공원
분수대루 나오라구 하는디?

미친 자슥,
3주 전이면 내 하루 쫑일
야동 보고 있을 땐데

까발려서
어따 써먹을라꼬
그러는 건지…

그…래요…?
진짜 이상한 내용이네요…

부릅

근데… 혹시 그 쪽지
저도 볼 수 있을까요?

14

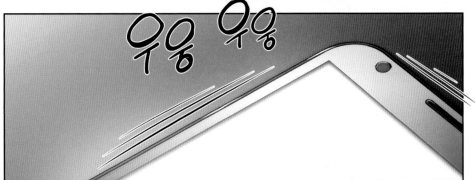

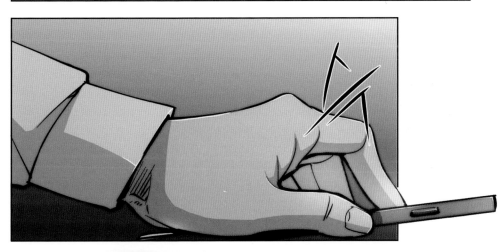

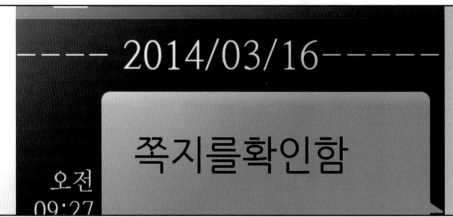

2014/03/16

쪽지를확인함

오전
09:27

와아~ 공원이다!!

주말인 것도 그렇고 날씨도 조금 풀렸으니까.

저벅 저벅

으앙~ 좋다~

저벅

사람 많은 편이 더 눈에 띄지 않고 움직이기 편할 거야.

우와~ 사람들 엄청 많네요~

시끌

딴 만딴

딴~♪

시끌

짜르륵

저 그동안 맨날 공부랑 일에 치여 살아서 그런지

시끌

시끌

이런 공원은 진짜 오랜만에 와보는 것 같아요!

17

아무리 일 때문에 왔다지만 선배랑 같이 공원도 다 와보고 간만에 좋은데요?

뭐, 오랜만에 기분 내는 것도 좋지만

오늘은 이찬석 형사를 불러내기 위해 여기 왔다는 걸 잊어선…

선배 여기요~ 여기!!

전혀 안 듣고 있잖아…

야~ 김혜연!
여기 놀러온 거 아니라고~

에이~~ 아직 시간도
많이 남았는데
잠깐 정도는 괜찮잖아요~

짠~!

선배 선배!!
이것 좀 보세요!!
시르미 인형이에요!!

… 시르미…?

어어? 왜 있잖아요?
어렸을 때 '은하별 대소동'
기억 안 나세요?

19

… 들고 보니…
알 것도 같은데…

그럼 이거 완전
옛날 캐릭터인 거 아냐?

그런 구닥다리도
아직 인기가 있어?

아뇨아뇨~
이게 인기 있는 건 후속작인
'은하별 대모험' 때문이에요~

작가가 15년 만에
후속작 연재를
시작했거든요~

'은하별 대소동' 때도
주인공보다 더 인기가
많았는데

결과적으로 작품도
완전 대박 난 거 있죠?

후속작은 아예
시르미를 주인공으로
정했더라구요~

보세요!
이렇게 누르면…

꾸욱

ㅋㅋ 귀엽죠?

시르둠
툼바둠!

시르미 고향 말로
'잘해낼 수 있어!'
라는 뜻이에요!

이거 하나
사야겠다~ 얼마예요?

에휴… 아무튼
너 소원 풀었으니까 됐지?
이제 빨리 가자.

어어?
같이 가요 선배~

치… 선밴 너무 메말랐다구요!

걱정 마. 피부만큼은 촉촉한 남자니깐.

하나도 재미없거든요?!

그냥 그렇다고.

이쯤이 좋겠다.

여기예요?

호으음…

그…
이 형사라고 했었죠?
정말 올까요?

올 거야. 마 형사에게서
연락이 왔었으니까.

근데 전
잘 모르겠어요.

그래도 명색이 형산데
딸랑 그런 협박 쪽지에
겁먹고 온다는 게…

복잡하게
생각할 거 없어.

털썩

이유야 어찌 됐건
이 형사가 마 형사의 신분증을
도용한 건 사실이니까.

게다가 숨기려 했던
최경아와의 만남까지 폭로한다고 했으니
아마 굉장히 불안해하고 있을걸?

또 한편으로는,
쪽지를 남긴 게 자기 자리가 아닌
마 형사 자리였다는 점 때문에

아직 수습의 여지가
남아 있다고 생각하겠지.

분명히 올 거야.
쪽지 남긴 사람을 확인하고
싶을 테니까.

잠깐만요!

선배가 말하는 건 전부
이 형사가 신분증을 도용했다는
전제 하에 성립하는 거잖아요?

자리에 사건 현장 아파트의
주소를 메모해놨다는 거나…

호기심 때문에
그랬을 수도 있고
그런데…

협박 쪽지를 봤다는 사실만으로는
단정 짓기 어렵지 않아요?

…

비공개 사실에 대한 메모들은 단순히 형사로서 관심이 있어 알아냈을 수도 있기 때문에…

사실 그건 네 말이 맞아.

하지만 실제로 마 형사가 경찰 신분증을 분실한 적이 있었고,

이 형사가 쪽지까지 확인했다면 얘기가 달라져.

넌 몰랐겠지만 단순히 쪽지를 남기는 것 외에도

마 형사에게 몇 가지 부탁을 더 했었거든.

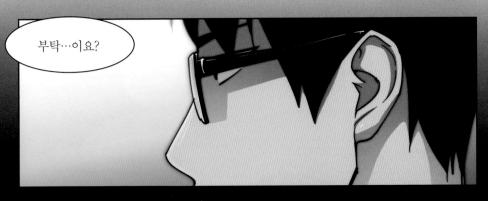

부탁…이요?

그래.

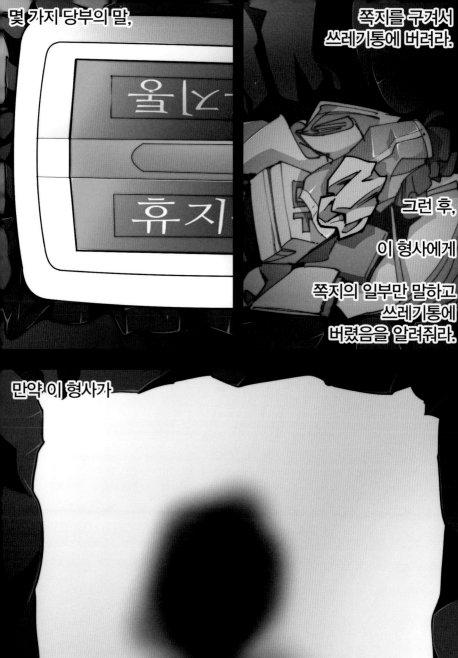

당신의 신분증을
도용한 것은

이 형사가 확실하다.

FILE.25

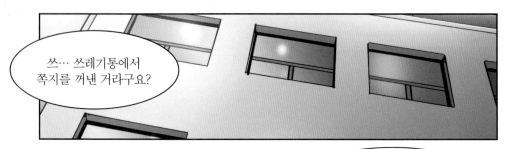

쓰… 쓰레기통에서
쪽지를 꺼낸 거라구요?

그거라면… 확실히…

그래.
단순 호기심이라고
보기엔 과하지.

근데 벌써 4시가 다 돼가는데…
여태 별다른 기미가 없으니
불안불안한데요…?

3:58
3월16일
토요일

… 올 거야
아니… 어쩌면…
벌써 왔을지도 몰라.

애초에 분수대로 오라는 쪽지는
마 형사에게 준 걸로 돼 있잖아.

이 형사는 아직
자신의 정체가 드러나지
않았다고 생각하고
있을 테니

분수대로
직접 오기보다는

근처를 맴돌며
쪽지 남긴 사람을
찾고 있…

응?

왜요?
누구 왔…?

어느 쪽으로
가는지 확인하고 있어!!
절대 놓치면 안돼!!

네?! 아!!
잠… 잠깐만

젠장…!

이 형사도

텅 텅 텅 텅 텅

삐글

쩌아아아악

우릴 찾고 있단 걸 알았으면서…

방심하고 있었다.

언제부터 보고 있었던 거지?

텅

탁 탁

탁

날 알아봤나? 그래서 가는 건가?

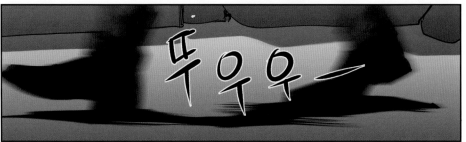

검은 모자!! 그… 그!! 분수대 뒤편 길로 넘어갔어요!!

분수대 뒤편?! 그쪽에 길이 여러 개잖아!! 어느 쪽!

아… 아아…!! 그러니깐…!! 아!

선배!! 선배가 지금 어디 있는데요?!

나 분수대 옆으로 지나가는 중!

푸벅

분수대… 옆… 분수… 아!! 찾았다!

푸벅

푸벅

후

선배 보고 있는 데서 왼쪽 앞에 있는 길로 올라갔어요!!

왼쪽 앞?! 이쪽엔 길이 없는데?!

아니요, 너무 왼쪽을 보셨어요! 그 사이!! 가운데 길!!

멈춤

가운…?!

41

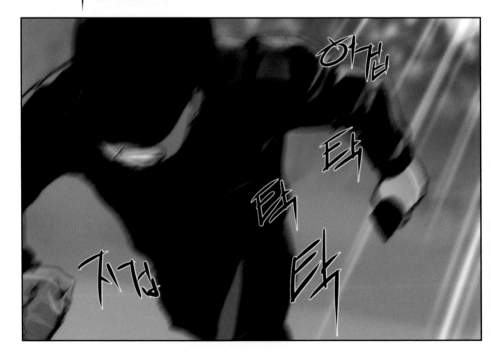

젠장!

들켰나?

그래도

거의 다

따라잡았으니…!!

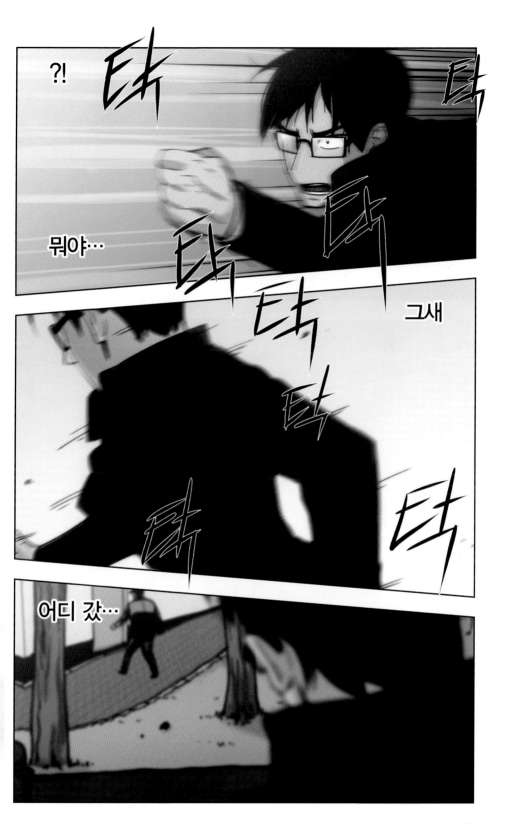

저기다!!

내가

STAFF ONLY

여기까지 와서

놓칠까 보냐!!

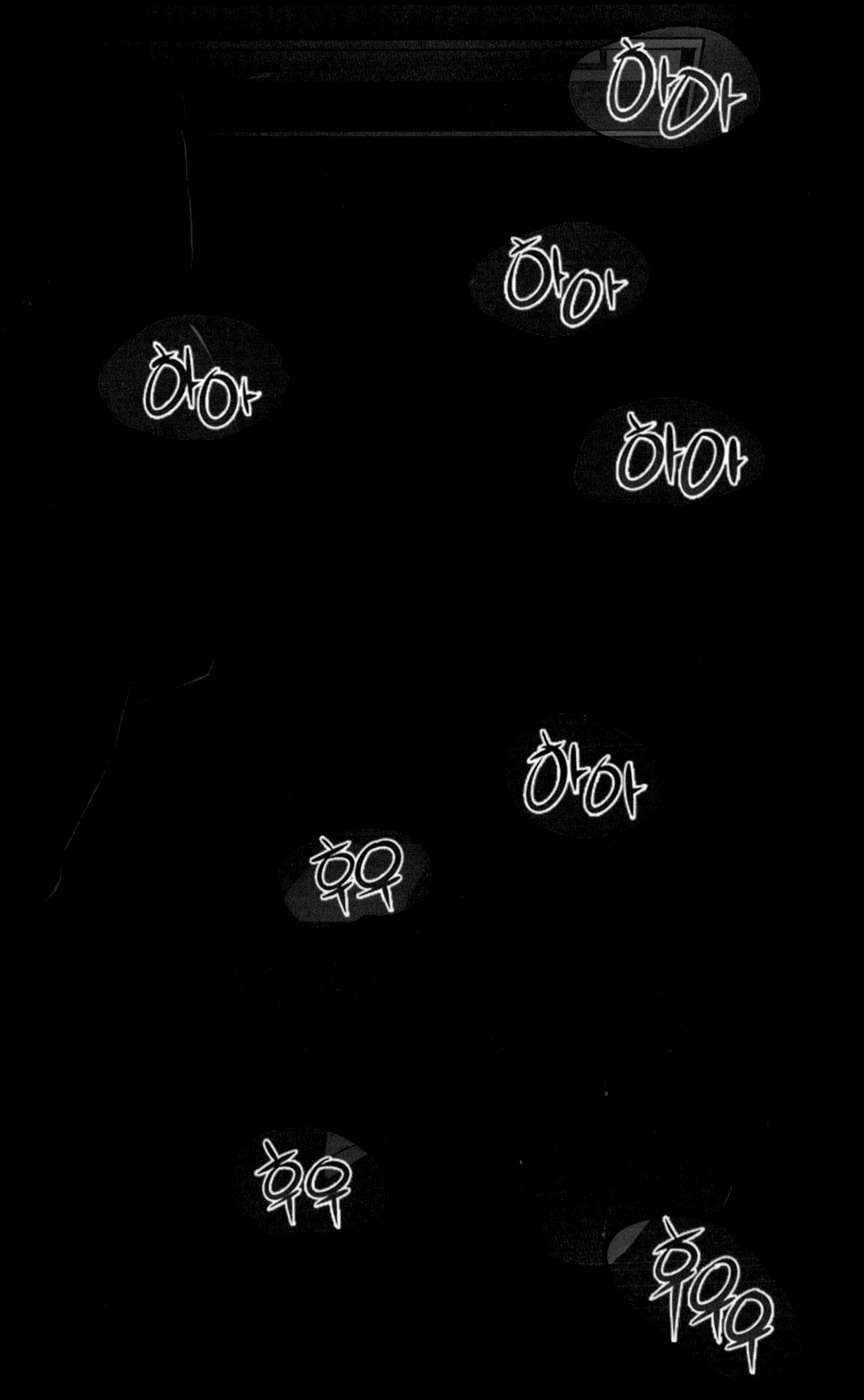

아아

아아

아아

아아

아아

히익

히익

히익히익

뚜벅

이봐요!!
허억··· 헉···

뚜벅 뚜벅

뚜벅

이 안에 있는 것
다 압니다!!

이찬석 형사님!!

뚜벅

저는 변호사
강수호입니다.

잠깐만 얘기를
나누고 싶습니다!!

이미 다 알고
이쪽으로
불러낸 겁니다.

숨으실
필요 없습니다!!

뚜벅 뚜벅

뚜벅

이찬석
형사니임?!

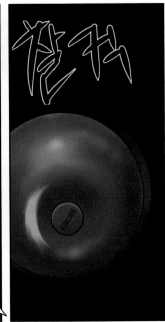

이찬석 형사님!!

몇 가지만
물어보겠습니다!!

결코 형사님께
해가 될 일은
없을 겁니다!!

크으윽…

젠장!! 다른 쪽에
나가는 통로가 있나?

… 아닐 텐데…
분명 여기 어딘가에…

감시당하고 있기 때문에
용건만 간단히 말할게요.

강수호 변호사.

날 증인으로
요청하세요.

법정에서 모든 진실을
말하겠소.

잠깐!
스토오옵!!

멈춰

일에도
순서가 있죠,
형사님!!

여태 도망 다니더니
다짜고짜 증인으로
써달라구요?!

최경아로 하여금
우리 의뢰인에게 불리한
증언을 하게끔 만든 게 누굽니까?

마 형사의 신분증을 도용한
사람은 또 누구고요?!

증언을 해주시겠다는
마음만큼은 정말 고맙지만

무슨 저의로 그렇게
홀랑 맘을 바꾸셨는지
이야기를 더 들어봐야
할 것 같은데요?

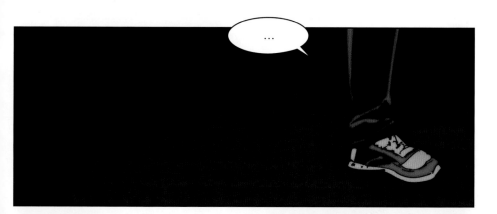

…

다른 일이 있어서…
사건이 일어난 날
현장을 주시하고 있었습니다.

깨진 도자기를
가지고 간 사람.

또각
또각
저벅
저벅

또각
또각

뎔썩

젠장…!
뭐가 이래!

하아아…

도자기가 깨졌다는 건
재판에 참여했던 사람 말고는
모르는 정보니까

그걸 알고 있었다면…
이 형사가 우리에게
꼭 필요한 증인인 건 확실해…
확실한데…

뭘 믿고 이 형사를
증언대에 앉히난 거야…

물끄럼

집에 치킨이라도
시켜놨니?
뭐가 그리 급한데…?

뭐~

복잡하게
생각할 거 있나요?

결국 우리가 이 형사를
찾았던 목적은 도자기를
가져간 사람을 찾는 거였고…

현장엔 심형석과
피해자만 있었다.

아니다.
도자기가 사라졌다.
제3자가 존재했었다.

형사를 만났었다.

그 또한 현장에서 사라진
진범을 찾기 위함이었는데

이런 의문들이
'도자기를 가져간 게 범인이다!'
라는 한마디에 모두 해소된
거잖아요!

하…

넌 속 편해서
좋겠다.

어차피 이 형사를
증인으로 신청하는 것 외엔
답이 없는데, 믿어야죠~!

요즘 같은 세상에
사람 말 그렇게
쉽게 믿는거 아냐~

싫어요,
믿을래요.

의심을 하면
당장은 좋은 결과를
얻을 수 있겠지만

그러면 다음에도
또 다음에도
좋은 결과를 내기 위해
의심을 하게 될 거고

결국엔 아무도
믿지 못하게 돼버릴걸요?

누군가를 믿지 못하는 건
너무 불행하잖아요.

바보 같아
보이는 건 아네?

뭐요 또!!

번쩍
쑥

그러니까 저는
쪼끔 바보 같아 보이긴 해도
그냥 믿고 살려구요.

헤헤~

시그둠 툼바둠!

헤달

잘될 거예요~
여태껏 잘해오셨잖아요~

아! 이건 선배 드릴게요!
어려울 때 행운을
가져다줄 거예요~

애냐, 이런 거 믿게?
됐어.

어어?! 지금 제 성의
무시하시는 거예요?!

FILE.26

모두 자리에서
일어나주십시오.

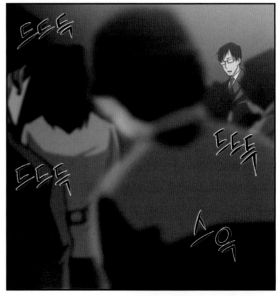

드드득

드드득

드드득

스윽

왔다.

툭

어디요?
누구?

맨 뒤쪽에서
모자 벗고 있는 사람.

아…!
아아~

모두 자리에 앉아주십시오.

저 사람이… 이 형사?

드득

응, 일단 증언하러 온다는 약속은 지켰네.

확실히 정명 검사는 이 형사의 존재를 모르는 것 같은 눈치예요.

힐끗

여기까지는 일단, 의도대로 된 것 같은데…

저 사람 정말 소름끼치리만큼 평온하네요?

검찰 측도 증인을 준비해 온 것 같은데… 왠지 불안불안하네요…

뭔가 준비했더라도 어차피 저쪽은 이 형사의 존재를 몰라.

그렇다면 할 수 있는 건 결국 둘 중 하나지.

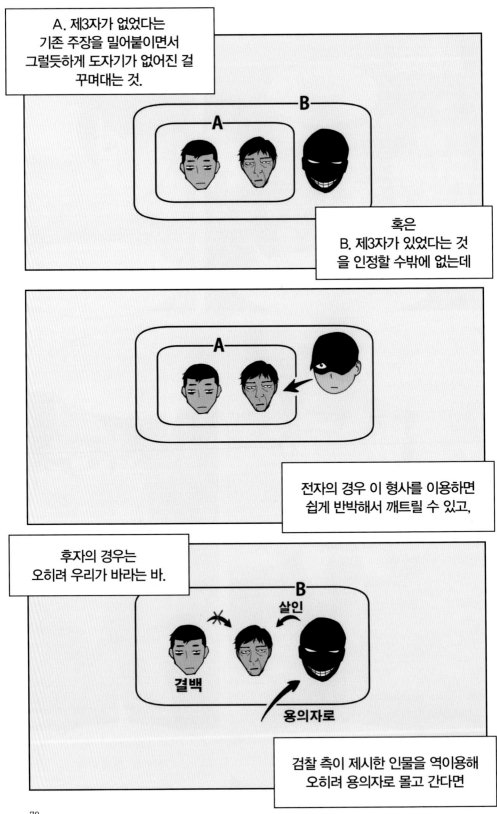

오늘이야말로

재판의 흐름을 완전히
뒤엎어버릴 수 있을 거야.

스륵

사악

지금부터 피고인 심형석의
살인죄 공판을 속개하겠습니다.

먼저 앞선 1차 공판에서
제3자가 있었다는
의문이 제기됐었죠?

다들 숙제는
잘 풀어왔습니까?

존경하는
재판장님.

지난 공판에서
제기된 문제로

검찰 측 수사에
미흡한 점이 있다는 걸
인정하지 않을 수
없었습니다.

그에 따라 주말 동안
재검토한 수사 내용을
우선적으로 밝히고,

심리를 속행할 수
있도록 진행상 양해를
구하겠습니다.

먼저 사건 현장에 있던
진공청소기 먼지봉투를
추가 조사해본 결과

변호 측 주장대로
사진이 찍힌 시간 이후에
도자기가 깨졌고,

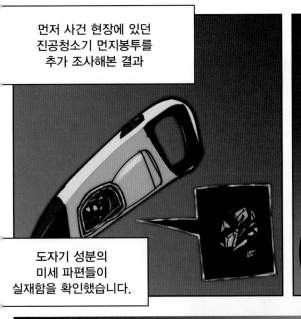

와장창

도자기 성분의
미세 파편들이
실재함을 확인했습니다.

누군가 그 흔적을 치운 것은
사실이라는 말이죠.

위이이이잉

반면 변호인이
진범으로 지목했던
홍성민이라는 사람은

이번 사건과는
전혀 무관한
사람이었습니다.

홍성민
팀장
Food R&D Department

MFoo
서울시
TEL : 02
MOBILE
E-mail seong

확실히 피고인의 소지품에서 홍성민이라는 사람의 명함이 발견됐지만

사건 전부터 당일까지의 동선을 따져보면

애초에 이 사건과 관계가 있다는 건 말이 되지 않았습니다.

그렇다면 검찰 측은 여전히 제3자는 없었다고 주장하는 겁니까?

도리

도리

아닙니다. 도자기가 사라졌기 때문에 그걸 부정할 순 없었습니다.

다만 도자기가 사라진 이유는
홍성민과 같은 기타,
다른 공범을 통해서가 아니라

사건과 관계없는 이의 손을 통해
사라졌다는 말입니다.

허어…

사건과
관계없는 이의
손을 거쳤다?

헌데 살인 현장에 있던 물건을 가져갔다는 자체로 그 사람은 관계가 없으려야 없을 수가 없지 않나?

이해가 잘 안 가는데…

언뜻 말이 안 되는 것처럼 들릴 수 있지만

이번 검찰 측 증인을 보시면 곧 이해가 가실 겁니다.

바로 확인하시죠.

사건 당일 현장을 방문했던 택배 기사입니다.

…?!

택…배…?

웅성

웅성

증인.

소속과 이름은?

예… 예…
에…?!
예…!

그… 한경택배
김재현이라고…

합니다…만…

증인은 사건 당일인 2월 21일, 사건 현장을 방문한 사실이 있습니까?

아… 예예… 확실히… 그러긴 해… 했는데…

그렇군요. 당시 있었던 일들에 대한 진술을 부탁드리겠습니다.

예… 에? 아… 근데… 그… 그냥 다 말하면… 되… 되나요…?

긴장하실 필요 없습니다.

아파트에 방문했을 때부터 편안하게 말씀해주시면 됩니다.

아아… 네…

벅

턱

그…러니까…

저… 전날 택배 접수가
들어왔었습니다…만…

그게…
저녁 9시 40…?

아니… 아니
50분쯤이었나…?

어…

탈 탈 탈 탈

탈 탈

탈

탈

이… 이쯤에서 봤던 것
같은데…

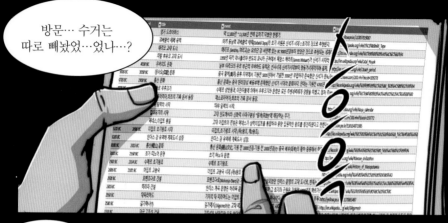

방문… 수거는
따로 빼놨었…었나…?

아… 뇨…
왜… 찾으려고
하니깐…

어…
아…?

여… 여깄다!

바로 아래에다
놓고는…

○○아파트 2동
904호…

아직… 안 늦었지?

아아…
배…배고프다…!!

여기에 치킨 하나…
따악~ 하면…

끝나고 뭐 먹지…?
맥주…?

마지막…이니깐…
후딱… 후딱 끝내고…
가자아…

와아아아~!!

어어?!
뛰지 마~

연욱아
천천히 가~

자전거~
자전거~

연욱아~
엄마 말
안 들을 거야?!

하?!
여… 역시

이 미친
순발력…

너무 완벽해도…
인간미 없는데…

난… 어쩔…

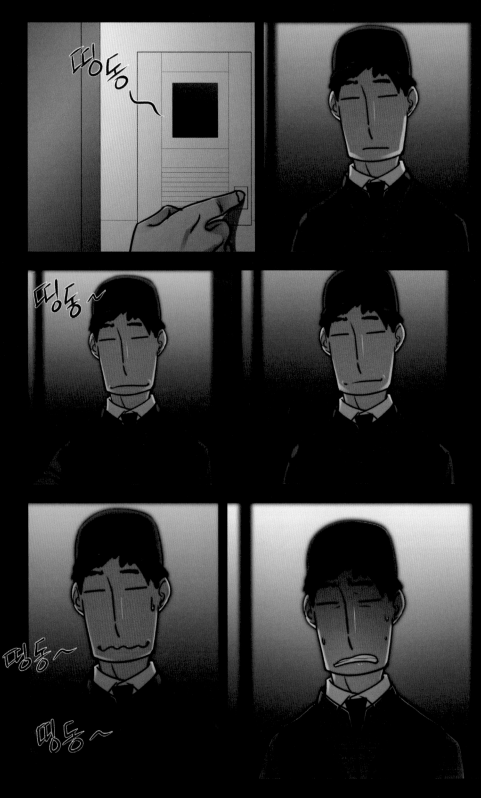

뭐… 뭐야…?
여기 아… 아닌가…?

마… 맞는데…
904호…

뭐야… 분명…
아니… 화… 확인했는데…

9시… 10시 사이 방문…
아… 맞다… 여기
전화도 안 받았었는데…

… 그래…
거봐…

방문 전 통화

4시 이후

9~10

O

X

아우 씨…

까먹고
어디 갔…

아…

… 그게…
다… 다인데요?

김재현 씨,
택배를 전달한 사람이
이 사람 맞습니까?

아…

맞… 맞는 것
같습니다…
워낙… 그…

섬뜩한
얼굴이어서…
기억납니다…

재판장님!

이처럼 피해자 설강민은 살해당하기 전에 직접 이 택배를 보낸 것 같습니다.

한경택배로부터 확보한 배송 내역을 보면

③

3호 규격의 커다란 상자에 내용물은 생활용품을 보냈다고 기재되어 있습니다만… 거짓일 테고

현장에서 발견된 마약이 소량이었던 걸로 미루어,

택배로 마약을 외부로 빼돌렸다는 게 정황상 가장 유력합니다.

도자기는 박스에 넣을 때 어떤 충격에 의해 조금 깨졌지만

결국 내용물 위장을 목적으로 같이 반출된 걸로 보입니다.

이… 이의 있습니다!

도자기나 마약이
반출됐다는 것은
단순 추측성 발언
아닙니까?

도자기에 마약을
넣어서 운반하는 건

이미 마약쟁이들이
널리 쓰는 방법 중
하납니다.

더군다나 배송지가
충북 소재지의
무인 가옥인데,

수령이 완료됐고,
행방은 알 수 없는 상태.

주인이 없는 집을 이용해
택배로 거래하는 방법은
신종 마약 거래 수단입니다.

그렇다해도!!
어디까지나 정황증거일 뿐
실질적인 물증은 없잖습니까?

택배의 목적이 마약 거래라면
도자기가 같이 반출됐다는 사실에
의심의 여지는 없다고 봅니다.

이것만으로는
충분한 입증이라
할 수 없습니다!

그건 변호인도
마찬가지 아닙니까?

아니면 변호인은
택배의 내용물이 무엇인지
정확히 알고 있단
말씀이신지요?

큭…!

그것 보십시오.

이미 화물이
사라져버린 현재로써

안에 뭐가 들었는지
정확히 알 수 있는 방법은
없습니다.

그러면 결국 반대로
현장에서 없어진 걸로
내용물을 유추하는 게
최선 아닙니까?

재판장님!
지난 재판에서 말씀드렸듯
현장은 계속 밀실 상태였습니다.

가장 가능성 높은 것이
택배를 통한 도자기의 반출!

현시점에서
제3자의 살인 및 도주는
허무맹랑한 소리일 뿐입니다.

이상입니다!

재판장님!
저희는 검찰 측과
다른 입장입니다.

김재현 씨의 증언으로 봤을 때
택배를 통해서 무언가가 밖으로
반출된 것은 인정하겠습니다!

하지만 이것이
도자기가 사라진 것과
관계가 없다는 것엔
확신합니다.

최초 목격자인 최경아로부터
다른 사건을 조사 중이었던 형사와
만났던 정황을 새로이 들었는데,

조사 결과 이 인물이
도자기와 진범에 대한 실마리를 밝혀줄
중요 목격자임을 알게 됐습니다!

따라서 변호 측은
이 인물을 증인으로 하여!
사건의 진상을 입증…

증인 신청은
기각합니다!

…

재… 재판장님!!
이 증인은 정말로
중요한…

심형석의
살해 방법과 수단, 동기는
이미 검증이 끝난 상태,

판결이 지연된 건
어디까지나
변호 측이 제기한

'도자기가 사라졌다.'
'제3자가 현장을 다녀갔다.'
라는 의문 때문이었는데

지금 검찰 측은
이러한 의문점에 대해
분명한 입증을 했잖아요?

이전까지 했던
사실 증명에 위배되지 않는
범위 내에서

한 치의
오차도 없이.

특히나 변호 측은
지난 재판부터

아무 상관없는 사람을
마구잡이로 지목해
재판에 혼란을 가중시킨
전례가 있는바

이 증인에게 문제가 없다면 더 이상의 증인 신청은 받지 않는다.

알아들었다면 변호 측,

반대신문하세요.

FILE.27

_택배 기사 김재현

한경택배 6개월 차 직원
사건 당일 9시 40분경,
피해자 설강민에게서 배송 화물을 받았다.

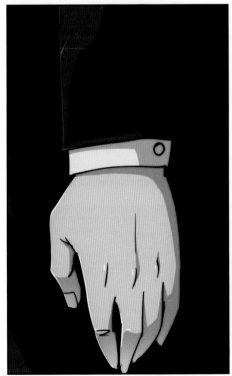

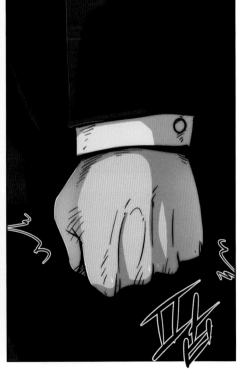

침착하자.

이걸로 더
확실해진 것뿐이야.

검찰 측은
이 형사를
배제한 채

검사석

자체적인
입증 방식을
택했고,

이러한 사실은
이 형사의 발언에

조금 더 무게를
실어주고 있어.

도자기를 가져간 사람이 범인이다.

증 '여건상 택배 기사는 범인이 될 수 없다.

그러므로

증인석

박스 안에
도자기는 없었다.

김재현 씨,

설강민… 그러니까 박스를 건넨 사람 말입니다.

택배 기사임을 확인하고 다시 집에 들어가 상자를 가지고 나온 것 맞습니까?

아… 맞… 맞습니다…

방문했을 당시 상황에 대해 몇 가지만 더 질문을 드리겠습니다.

혹시 다시 들어갈 때 집 안쪽을 보셨습니까?

집 안쪽…이요?

별게 아니라, 문이 열려 있을 때 안쪽을 보려 하는 건 인간의 기본 심리니까요.

근데… 그게 다시 들어갔다기보다는

그냥 물건만 집어서 바로 건넸다는 편이 더…

조금만 더
기억해보시겠어요?

안에서 다른 사람의
말소리라든가…
인기척 같은…

이의 있습니다!

검사석

지금 변호인의 발언은
명백한 유도신문입니다.

인정합니다.
변호인, 주의하세요.

치잇…

그으…러면… 방문 택배 접수 시에… 뭔가…

뭔가 작성하고 그런 건 따로 없나요?

원… 원래대로라면 그… 있긴 있죠… 운송장을 작성해야 하는데…

이 경우엔 전화 접수로 이런 사항들…

그러니깐… 주소랑 부피, 중량 같은… 부분들의 기재가… 끝난 상태였어요…

그래서 프린트해온 스티커만 붙이고,

계산만 하면 됐습니다…만…

계산은… 얼마가 나왔죠?

현금으로 했나요?

아… 네… 현금… 이었던 것 같은…

아!! 그 부분은…!!

제가 잠시만 양해를 구하고 보충 설명을 조금 하겠습니다.

한경택배 측에 알아보니 배송완료 후 3주가 지나면 기본적인 사항 외에는 삭제를 하더군요.

해서 정확한 기록을 얻을 수는 없었지만

배송비 영수 내역을 통해 6,000원이 결제된 사실을 확인했습니다.

당 회사의 배송 요금표에 따르면

		5kg까지 (80cm까지)	10kg까지 (120cm까지)	20kg까지 (140cm까지)	30kg까지 (160cm까지)
한경택배	동일지역	4,000 원	5,000 원	6,500 원	8,000 원	9,500 원
	타지역	5,000 원	6,000 원	7,500 원	9,000 원	10,500 원
	제주(익일배달)	6,500 원	8,000 원	9,500 원	11,000 원	13,000 원
	제주(D+2)	5,000 원	6,000 원	7,500 원	9,000 원	10,500 원

* 한경택배는 접수한 다음날 배달하고, 제주(D+2)은 접수 다음다음날 배달함.
* 크기는 가로, 세로, 높이를 더한 값을 말하며, 중량이나 크기중에 하나만 기준을 초과하여도 초과한 요건에 해당하는 요금을 적용함.
* 동일지역은 배달지역과 접수지역이 동일한 시·도이고, 타지역과 제주지역은 전국을 서울·인천·경기 / 부산·울산·경남 / 대전·충남 / 충북 / 광주·전남 / 대구·경북 구분함.
* 제주지역의 경우 제주지역에서 접수하여 타지역으로 배달되는 소포우편물을 경우 동일지역·타지역·제주지역요금을 각각 적용함.

화물은 5kg 이내의 화물과 타 지역 배송 시 받는 경우에 해당합니다.

105

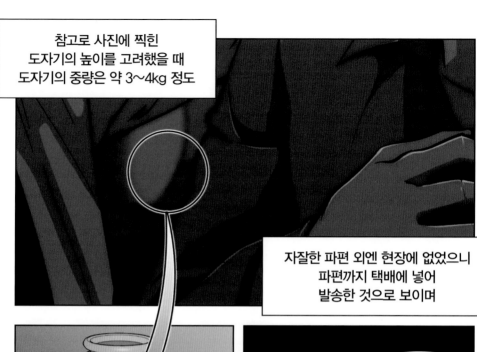

참고로 사진에 찍힌
도자기의 높이를 고려했을 때
도자기의 중량은 약 3~4kg 정도

자잘한 파편 외엔 현장에 없었으니
파편까지 택배에 넣어
발송한 것으로 보이며

3~4kg

적정량이라고
할 수 있습니다.

마약은 거의 무게에
포함되지 않으므로

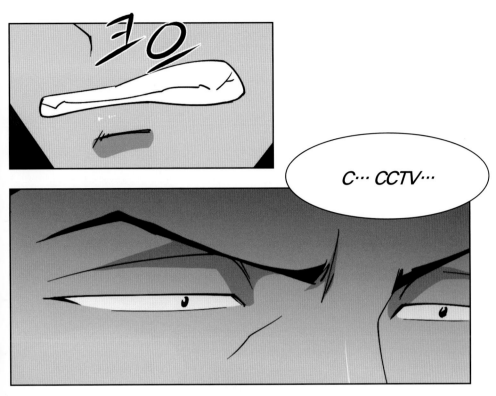

C··· CCTV···

김재현 씨가
화물을 수거해서 나갈 때의
CCTV 자료를 검찰 측에
요청합니다.

기록이 뚜렷하지 않다면 이 역시
직접 확인해봐야 할 것 같습니다.

좋습니다.
직접 확인하시죠.

김재현 씨가
아파트를 방문했을 때의
CCTV 영상입니다.

지잉-

징-

지잉-

지잉-

징

아…!! 저때…

징-

지잉-

징-

기억나네요…

닫히기 직전의
엘리베이터를 붙잡았었죠…

지잉-

징-

지잉-

겁나 빠르게 …
헤헤… 순발력… 쩔…

110

결론만 말하자면 배송상 문제는 없었다고 합니다.

징-

지잉-

징-

이상 영상은 여기서 끝입니다.

끄응…

CCTV에 찍힌 것도 그렇고 방문 시간이 9시 40분쯤이네요?

종 인 석

왜 이렇게 늦은 시간에 가신 거죠?

뚜벅

뚜벅

뚜벅

보통 이렇게 늦게 말고, 오전이나 오후 중에 가지 않나요?

빈약한 근거로
얼버무리려 하는데.

실제로 택배 기사가
도착했을 때부터
화물을 준비하는 사람도
많다고 합니다.

게다가 그게 아니더라도
시간이 20분가량 남는데

이 정도면 그때 당장 준비해도
충분한 시간이라고 봅니다.

하지만!!
증언에 따르면

전날 전화 접수로
주요 기재가 끝난 상태라고
하지 않았습니까?

전날 이미
배송 준비를 끝낸 게
아니라면 불가능한…

즉, 이번 같은 경우는
접수 사항에 문제가 없었다.
이렇게 봐노 될는지요…?

그게 …
가물가물하긴… 한데…

아마…도…
따로 다시 재거나 하진 않았으니
별문제 없었던 것…
같았던…

그렇군요.

으쓱

재 사 석

그렇다면
검찰 측 입증에는
아무 문제가 없다는
얘기가 되는군요.

이상입니다.

짤각

망할…

자신만만한 이유가
이거였어…?

틈을 안 주고
밀어붙여서

우리 쪽 증인은

보지도 않고
끝내버리시겠다?

씨…바…

이 형사를 증언대에
앉혀야 뭘 해도 하는데…

생각하자, 강수회!

생각하자!!

박스 안에
도자기는 없었어.
그건 확실해…

하지만 증거가 없으니
내가 뭘 어떻게
말하든 소용없을 거다.

결국 박스 안에
도자기가 없었음을
증명하려면

증인이 직접
말해주는 수밖에
없는데…

젠장!!
그게 말이 돼?

택배 기사 맘대로
내용물을 확인하는 것도
아니고

이제 와서 그런 게
가능할 리가… 없잖…!!

아…?!

맞아… 택배…

분명…

실례하겠습니다.
한경택밴데요~

택배…?
그쪽에 놓으세요~

아…
아뇨~ 배송이 아니라
수거하러 왔는데요…

수거…?

문제가 생기면
제가 책임을 져야 해서…

FILE.28

_택배 화물

살인 현장이 목격되기 1시간 40분 전
피해자 설강민이 어떤 물건을 무인 가옥으로 보냈다.
택배는 정상 수령됨.

요금이 달라질 만한
상황에서는 화물에 대한
측정을 다시 한다…?

실제로 증인도
그렇게 하시는지요?

아… 네… 회사 규정상
요금… 같은 건 쫌…

민감한 사항이라
그 부분은… 확실하게
지키고 있습니다…만…

효
뚜벅
뚜벅

그럼
그때도 측정 도구를
가져가셨겠네요?

따로 재측정하진
않았지만…?

따딱
따딱
뚜벅

무게가
대략 어느 정도
되는 것 같나요?

아… 그… 그게
그러니깐…

4kg 정도…?
되… 될 듯한데…

틀렸습니다.
아쉽게도 이 노트북은
약 2.5kg입니다.

으앾

별떡

잠깐! 이의 있습니다!
지금 노트북 무게 따위가
무슨 관계가 있다는 거죠?

쓸데없는 트집 잡기는
그만두시죠?!

트집이라뇨?!
이건 당연한 결과고,

김재현 씨가 어느 정도
무게 감각이 있다는
반증입니다!

핫?!
아… 제가…

어떤 물건을 들든
무게중심이 멀어질수록

쩌

더 무겁게 느껴지는
경향이 있습니다.

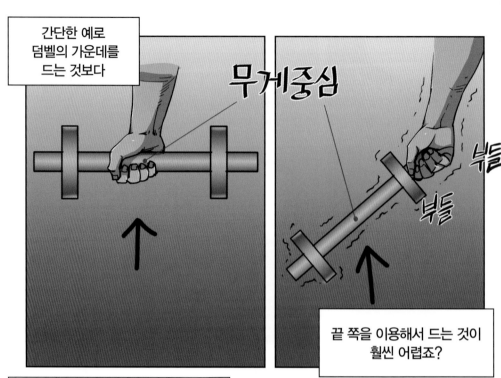

간단한 예로
덤벨의 가운데를
드는 것보다

무게중심

부들

끝 쪽을 이용해서 드는 것이
훨씬 어렵죠?

앞서 증인이
2.5kg짜리 노트북을 4kg으로
착각했던 것도 같은 원리이며,

2.5 kg → 4 kg

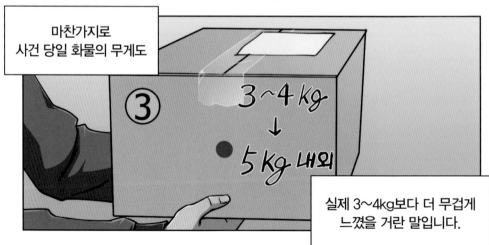

마찬가지로
사건 당일 화물의 무게도

③

3~4 kg
↓
5 kg 내외

실제 3~4kg보다 더 무겁게
느꼈을 거란 말입니다.

근데 그게
뭐 어쨌다는 거지?

결론부터 말하자면
지금 증인이 거짓말을
하고 있다는 말입니다!

지금
이걸 설명하는
이유가 뭔가?

증인은 앞서
요금이 달라질 만한 상황에는
항상 재측정을 한다고 했죠?

한경택배 규정상
조금이라도 초과되면
초과된 요금을
적용해야 하는데

5kg까지

10kg까지

6,000원

7,500원

이런 상황에서
3~4kg의 무게라면

5kg?

단순히
들어보는 것만으로는
요금 책정이
애매했을 겁니다.

원래대로라면 측정을 다시 하는 게 맞지만

사람 일이라는 게 그렇잖습니까? 모두가 규정대로 하는 건 아니죠?

늦은 시간이기도 하고, 귀찮기도 하고,

들어봤을 때 얼추 무게가 맞았으니

그냥 가져갈 수도 있는 것 아닙니까?

지금 저 말이 맞습니까?

한경택배는 배송 오류가 발생하면 택배 기사가 책임을 진다던데요?

정말로 피곤하고 귀찮아서 대충 일을 마무리했냐고 묻는 겁니다.

…?

그… 그게… 제… 제가
기억력이 나빠서…

증인! 가벼웠다니…?
그게 무슨 말이죠?

막… 막 헷갈리다가 지금…
떠올라버렸습니다…!!

저… 화… 화물은 크기에 비해
너무 가벼… 가벼웠습니다.

?

뭘… 보내길래…
이렇게 큰데… 가볍나
이상하게 생각했었는데…

아마… 어림잡아…
2… 2kg이 채 안 됐을 겁니다!

자… 잠깐?!

화물은 5kg 내외라 하지 않았습니까?

왜 갑자기 그렇게 말이 바뀌는 겁니까?!

아니죠~ 엄밀히 말하자면 증인이 그런 얘기를 한 적은 없죠.

애초에 5kg이라는 무게는 6,000원에 해당하는 요금을 통해 검찰 측이 끼워 맞춘 사실!

6,000

요금표에 따르면 무게든 부피든 어느 하나라도 초과되면 초과된 쪽에 맞춰 요금이 책정됩니다.

김재현 씨가 워낙 많은 화물을
취급하는 탓에 헷갈렸을 뿐

(크기)	5kg까지 (60cm까지)	10kg까지 (80cm까지)	20kg까지 (120cm까지)	30kg까지 (140cm까지)	30kg까지 (160cm까지)
동일지역	4,000 원	5,000 원	6,500 원	8,000 원	9,500 원
타지역	5,000 원	6,000 원	7,500 원	9,000 원	10,500 원
제주(익일배달)	6,500 원	8,000 원	9,500 원	11,000 원	13,000 원
제주(D+2)	5,000 원	6,000 원	7,500 원	9,000 원	10,500 원

한경
택배

* 한경 택배는 접수한 다음날 배달하고, 제주(D+2)은 접수 다음다음날 배달함.
* 크기는 가로, 세로, 높이를 더한 값을 말하며, 중량이나 크기중에 하나만 기준을 초과하여도 초과한 요건에 해당하는 요금을 적용함.
* 동일지역은 배달지역과 접수지역이 동일한 시·도이고, 타지역과 제주지역은 동일지역을 제외한 지역임. (배달권역은 전국을 서울·인천·경기 / 부산·울산·경남 / 대전·충남/충북/광주·전남/대구·경북/전북/강원/제주 등 9개의 시·도 지역으로 구분함.
* 제주지역의 경우 제주지역에서 접수하여 타지역으로 ... 경우 동일지역·타지역·제주지역요금을 각각 적용함.

처음부터 요금의 무게는
무게가 아닌 상자 크기 때문이었을 겁니다.

이의 있습니다!!

무겁다는 느낌은
상대적인 것 아닙니까?!

그런 불확실한 감각에
의존해 속단하기엔…!!

증인이 실수로 화물을 놓쳤던
CCTV 영상 기억나십니까?

사실
처음엔 몰랐는데…

생각해볼수록
이상하더군요.

4kg 정도의 상자를
갑자기 떨어트렸는데

'저런 불안정한 자세에다 한 손으로?'
'놓치지 않고 잡긴 힘들 텐데…'
하고 말이죠.

생각이 정리가 됐을 때
이게 무슨 의미인지 깨달았습니다.

가볍다는 겁니다!

내용물이 뭔지
정확히 알 수 없어도

이것만큼은 확실하게
말할 수 있습니다.

상자는
가벼웠습니다!!

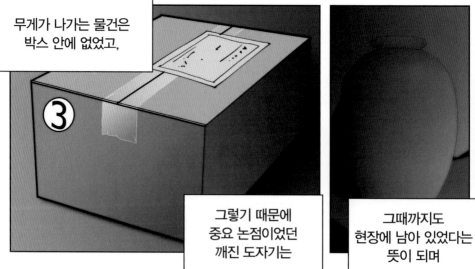

무게가 나가는 물건은
박스 안에 없었고,

③

그렇기 때문에
중요 논점이었던
깨진 도자기는

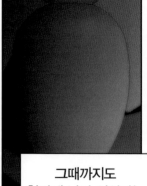

그때까지도
현장에 남아 있었다는
뜻이 되며

그것이 택배 기사 이외의
누군가에 의해 처리됐다는 사실은
여전히 변하지 않았습니다!

도자기와 관련된
의문을 풀지 않고서는
판결을 논할 수 없기에

다시 한 번 증인 채택을
요청드립니다.

좋습니다.

잘칵

아직 의혹이 남은 이상
판결은 잠시 미루도록
하겠습니다.

변호 측 증인을
채택하겠습니다.

오사삣

휘

꼬득

꼬득

됐다.

이걸로

매치포인트!

검사석

FILE.29

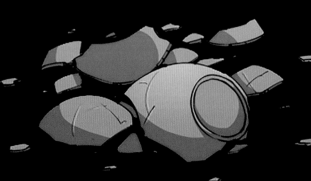

_깨진 도자기

추정 무게는 3~4kg.
9시 21분경까지 현장에 있었으며, 11시 52분 검거 당시 없어졌다.
박성진이 어렸을 때 낸 흠집 때문에 금전적 가치가 없다.
파편이 발견됐지만 어느 정도로 깨졌는지는 알 수 없다.

뚜벅

뚜벅

여기서 다시 뵈니
반갑네요.

증인, 소속과 이름부터
말씀해주시죠.

뚜벅

뚜벅

둥-

서울지방경찰청
형사과 마약수사대
이찬석 형사입니다.

증인은
사건 당일인 2월 21일,

살해 현장인 00아파트
2동 904호에
방문한 사실이 있습니까?

그렇습니다.
현재 수사 중인 사건과
관련해서

몇 시간 후
마약 거래가 있을 거라는
제보를 듣고 현장에 갔던 바
있습니다.

제보를 받았다…라…
혹시 제보자는…?

말씀드릴 수 없지만…
믿을 만한 정보원입니다.

알겠습니다…

그렇다면
그 당시 있었던 일들을
좀 더 자세히
증언해주시겠습니까?

정보원으로부터
앞서 말한 제보를 듣고
현장에 도착한 시간이

저녁 10시쯤…
됐을 겁니다…

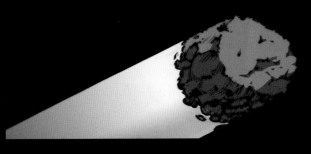

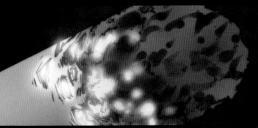

타라락

현장에 도착했을 당시
내부 상황을
알 수 없었던 터였고,

근처에 잠복해서
상황을 주시하다

해당 건물 내에 있기엔
들킬 위험성이 크다고
판단했던 저는

거래 현장으로 들이칠
계획을 세웠습니다.

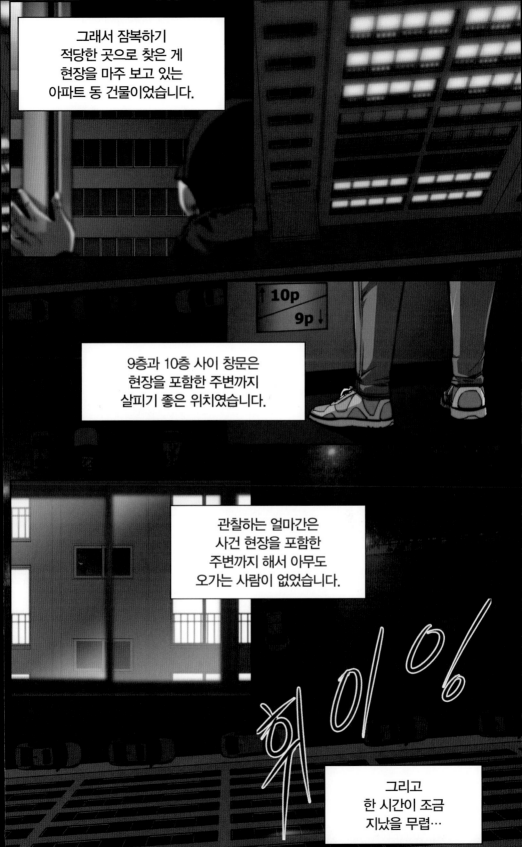

그래서 잠복하기
적당한 곳으로 찾은 게
현장을 마주 보고 있는
아파트 동 건물이었습니다.

↑10p
9p↓

9층과 10층 사이 창문은
현장을 포함한 주변까지
살피기 좋은 위치였습니다.

관찰하는 얼마간은
사건 현장을 포함한
주변까지 해서 아무도
오가는 사람이 없었습니다.

휘이잉

그리고
한 시간이 조금
지났을 무렵…

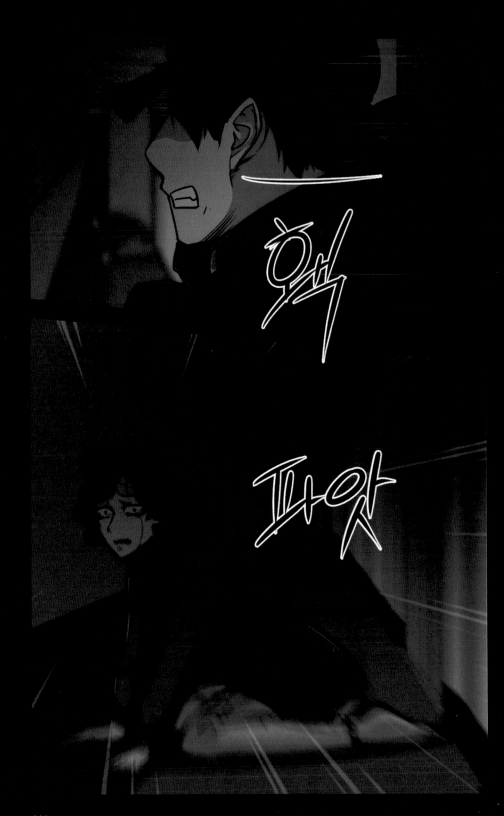

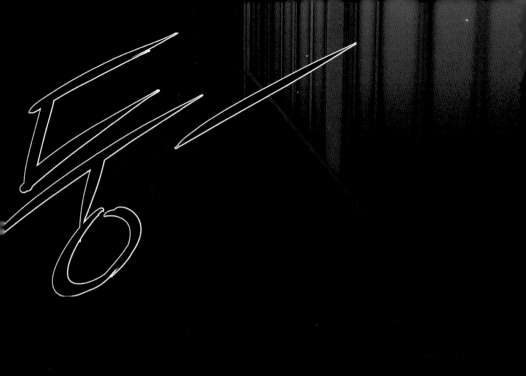

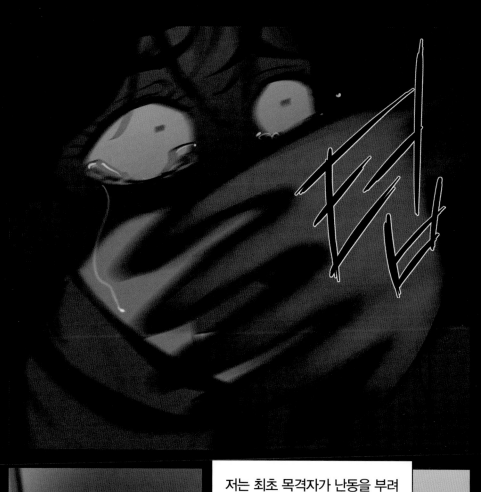

저는 최초 목격자가 난동을 부려
현장에 남아 있을지 모르는
진범이 도망갈까 하는 마음에

먼저 경찰임을 알리고
상황 설명을 들었습니다.

그런 후에

바로 현장에
진입했습니다.

벌컥

현장에 들어가서는
무엇을 하셨죠?

도자기를 가지고
나왔습니다.

…??

그건…
어째서죠?

제보 때문입니다.

혹시라도 있을 부패경찰의
증거인멸 가능성 때문에

정보원으로부터 들은 내용은
'마약을 도자기에 넣어 거래할 거다.'
'마약 밀매를 봐주는 부패경찰이 있다.'
이 두 가지였습니다.

부득이하게 도자기만 먼저
빼내는 게 낫다고 판단했을 뿐입니다.

그…렇다면

잘 칵

도자기를 가지고 간 것과는 별개로
범인은 다른 사람이라는… 뜻인가요?

맞습니다.
마약 거래 때문에
제가 도자기를
가져갔을 뿐,

끄덕

도자기는 살인 사건과는
무관합니다.

흠칫

하지만 수사 중인
마약 밀매 사건과 당일 목격한 것을
종합적으로 검토한 결과

진범이 누구인지만큼은
분명하게
알게 됐습니다.

당시 목격한
상황을 정리하자면

9시 45분,

09:45

택배 기사에게
화물을 건넨 설강민은

11:30

11시 30분
최경아에 의해 현장에서
죽은 채로 발견됐습니다.

그리고 약 10시부터
11시 30분까지

09:45 **11:30**

맞은편에서 잠복하고 있던 저는
현장에 들어가거나 나가는
사람을 못 봤으니

말 그대로 현장은 밀실.

따라서
범행을 저지를 수
있었던 것은

175

FILE.30

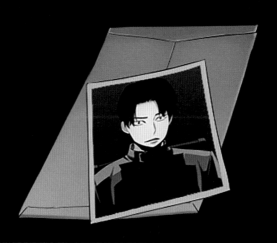

_이찬석 형사

서울지방경찰청 마약수사대 소속 형사
사건 당일 최초 목격자와의 만남 이후 현장을 다녀갔다.
마봉필 형사의 경찰 신분증을 도용한 사실이 있다.

이봐요!! 형사님!!
갑자기 말이
바뀌시는데?!

그렇다면 어디 그놈의 도자기
한번 좀 봅시다?!

어떻게 생겼는지
궁금해 미칠 지경이니까요!!

말이 바뀔 게 있습니까?
이게 진실인데…

도자기가 깨진 건…
다들 알고 계실 겁니다.

이게
그 일부입니다!

이미 변호사님과
검사님이 수거한 파편과
대조해보시면

동일한 도자기인지
금방 확인 가능할 겁니다.

뭐… 뭐?!

이런 파편을 말하는 게 아니라!!
도자기 말입니다!! 도자기!!

도자기를 가져가셨다면서
도자기가 어떻게 생겼는지도
모릅니까?!

그건… 완전히
깨져버렸습니다.

현장에서 급히
가지고 나가는 도중…

으득

넝굴

그리고 증인!

증인에겐 제가
몇 가지만 더 질문하겠어요.

도자기를 가져간 이유가
부패경찰의 증거인멸을 우려해서
했다… 맞나요?

그렇습니다.
증거물에 대한 저의 관리 실수는
인정하겠습니다.

하지만 증거품은
고의적으로 훼손한 것이
결코 아닙니다!

그렇다면 혹시 도자기에 마약류가 들어 있진 않았습니까?

없었습니다…

이미 택배로 빼돌렸는지… 당시 증거품은

사건과 전혀 무관한, 일반 도자기에 불과했습니다.

검사!

현장에 다른 도자기는 없었나?

그렇습니다.

현장에 도자기가 있었다면 저것 하나뿐입니다.

이찬석 형사의 증언이 맞다면
도자기는 마약을 품은 채 택배로
이송될 예정이었던 것 같습니다만

깨지는 바람에 택배 상자에
넣을 수 없었던 모양입니다.

운송 중 깨진 것이 확인되면
혹시 모를 변수가
생길지 모르니까요.

일리가
있어요.

꼬덕

꼬덕

반대신문은?

도리

도리

하지
않겠습니다.

이찬석 형사의 증언으로 저의 부족했던 부분이 모두 채워졌습니다.

좋습니다.

이제야 사건이 제대로 정리되는군요.

심리는 여기서 마치겠습니다.

!!

검사!!

척

최후진술 및 구형!!

옙!!

피고인 심형석은
채무 관계에 있는 친구
박성진을 살해하였고,

이를 숨기기 위해
사체를 훼손하고
은닉하기까지 했습니다.

또한 마약 거래 및 복용에
관한 법을 어겼으며

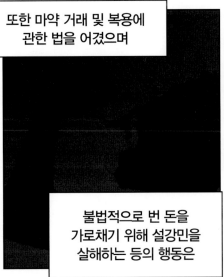

불법적으로 번 돈을
가로채기 위해 설강민을
살해하는 등의 행동은

극단적 인명 경시 살인에
해당합니다!

이에 본 검사는
피고인에 대해

사형을 구형하는 바입니다!!

변호인!!

최후변론하세요!

재… 재판장님! 아직…!!

아직 판결을 내리기엔 불투명한 부분이 많습니다!!

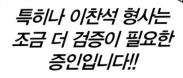

특히나 이찬석 형사는 조금 더 검증이 필요한 증인입니다!!

조금 더 심리를 진행할 필요가 있습…!!

마지막 증인은 변호인이 우격다짐으로 세운 사람 아닌가?!

언제까지 그렇게
봐달라고만 할 건가?!

그딴 소리 할 거면
거기까지만 듣겠네!!

크윽

모두 정숙하세요!!

본 합의부는
재판에 앞서 판결에 대해
충분한 논의를 거쳤고,

이번 공판에서
특별한 변동 사항이
없었으므로

땅
땅
달가닥

부릅

지금 이 자리에서
바로 판결 내리겠습니다!

194

사건번호 2014
고합 제1111호

구의동 연쇄살인 사건에
대한 판결을 선고한다!

피고인 심형석은
모친의 수술비를
마련하기 위함과

친구 박성진과의 채무 관계에 따른
보통 동기에 의해
살인을 저질렀으나,

사체 손괴 및 유기 등
상식 이하의 비인간적
행동을 했으며,

이후 드러난 살해 수법에서도
그 잔인성과 비윤리적 성향이
드러났다.

또한 마약 거래 및
복용을 촉구하는 등의
추가적인 위법행위는
귀책사유에 해당하며

발들

나들

좌악

죄질이 나쁘고,
이후에도 반성하는 자세 없이
자신의 죄를 부인하는
행동을 취했다.

이에 본 법정은
피고인에 대해
형법 제161조와 제250조의
살인죄, 사체유기 및
은닉에 대한 죄와
마약류 관리에 관한 법률
제3조와 제4조의 위반 혐의를
인정하여
피고인 심형석을

이상으로
본 법원의 판결을

마칩니다.

FILE.31

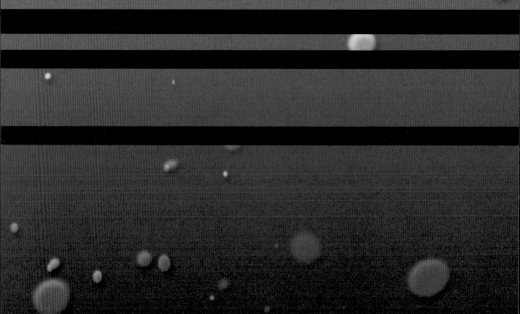

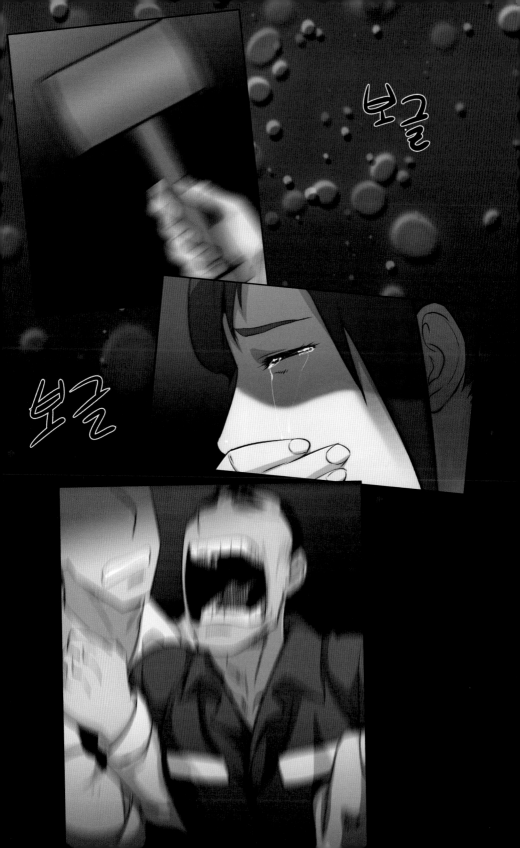

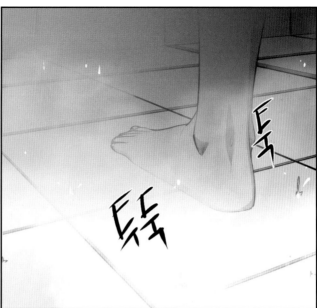
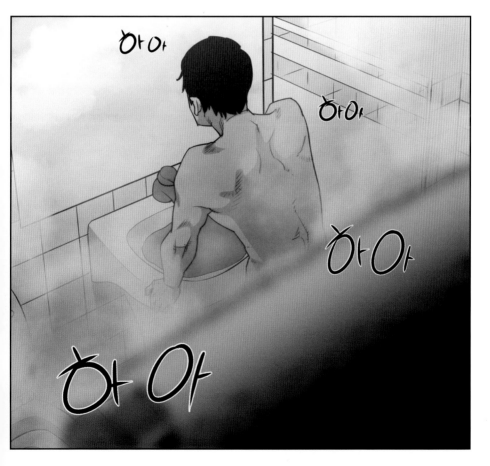

그래, 얘기 들었네.
수고 많았어.

아닙니다.
조금 더 일찍 해결하지 못해
죄송스러울 따름입니다.

그런 말 말게.
자네였기에 이렇게
잘 마무리 지을 수 있었던 것
아니겠는가?

자네도
수고했네.

제가 뭐 한 게
있겠습니까?
다 정검이 잘해서죠.

이번 사형선고는
강력 범죄에 대응하는

검찰의 강력한
경고 메시지가 될걸세.

총장님,
시간 됐습니다.

검찰
PROSECUTORS' OFFICE

오늘 이렇게
전국 검사장 회의를
연 이유는

강력 범죄 방지와
민·관 유착 비리 척결을 위한
수사 대상과 영역!

방향 등을
구체화하기 위함입니다!

구의동 연쇄 살인 사건

대구 존속 살인

유수호 침몰

정부 관료들이
음지에서 봐주는 부정부패로 인해
대한민국은 무법천지라 해도
과언이 아닙니다!

최근 들어
발생한 각종 비윤리적
사건 사고를 비롯해

왜인 것 같습니까?!

솜방망이 처벌과
부패한 윤리의식
때문입니다!!

우리부터 달라져야 합니다!

검찰 구성원 모두의 결연한 의지가 필요합니다!

그러기 위한 첫걸음으로!

강력 범죄자에 대한 사형제의 부활을 이끌어냈고!

수많은 뇌물과 로비의 온상인 태경실업 압수수색에 들어갔습니다!

대한민국은 아시아 선진국 중 부패국가 1위입니다!

이는 굉장히 부끄러운 일입니다!

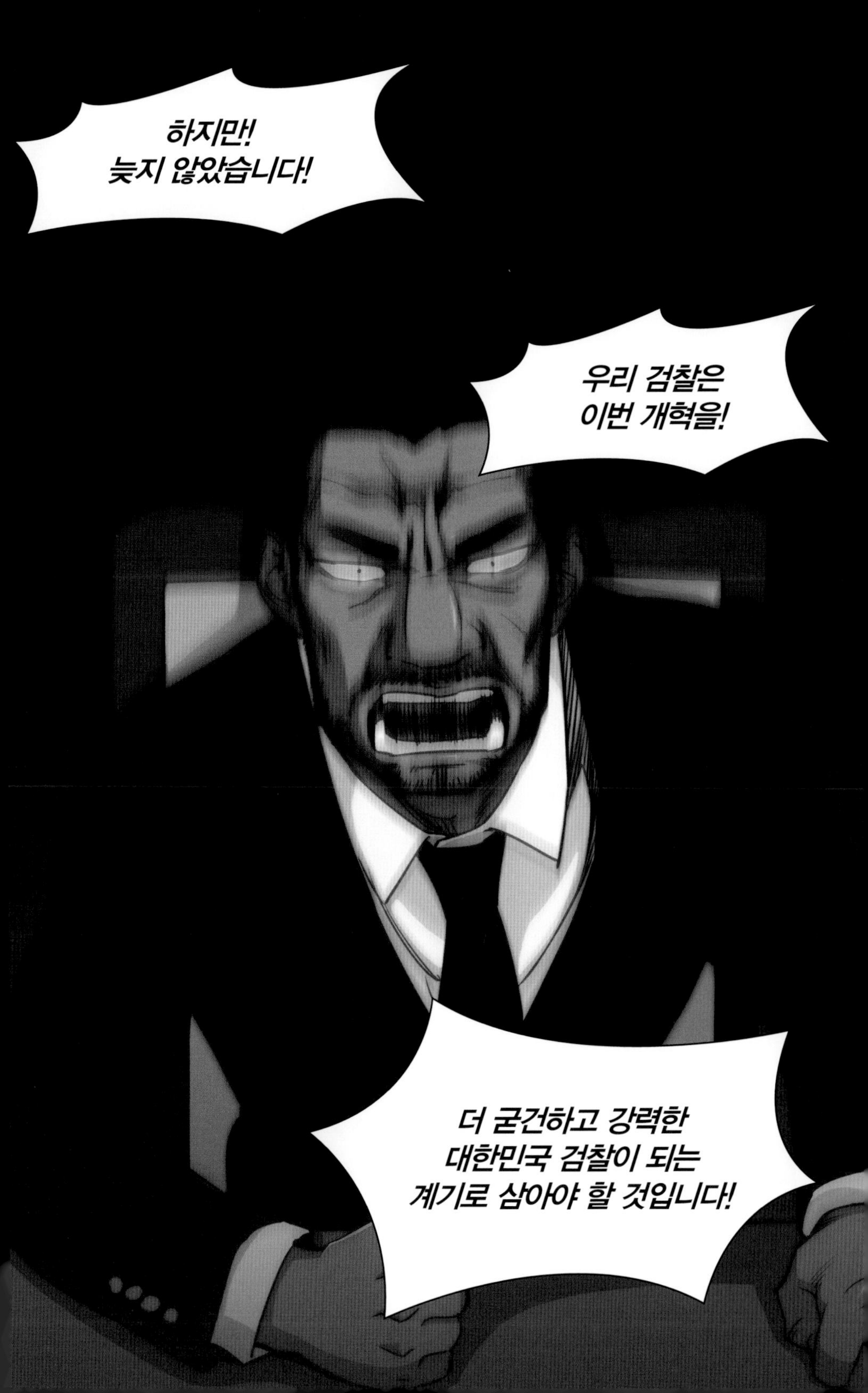
하지만!
늦지 않았습니다!
우리 검찰은
이번 개혁을!
더 굳건하고 강력한
대한민국 검찰이 되는
계기로 삼아야 할 것입니다!

검찰
PROSECUTION SERVICE

전… 전 아직도
이해가 안 가요!

악독하고 엽기적인
살인범에게도 사형선고는
안 내리잖아요?!

여기에 이러는 게 말이
안 되잖아요…

확실히
사형 판결은 조금
의아하지만

아무리 그래도
인명 경시 살인이면 최소…
무기징역이었을 겁니다…

하지만 형석인
무고하잖아요!!
근데… 이건…!

우리만 그렇게
생각하는 거지!

다른 사람들 눈엔
형석이야말로
최악의 엽기 살인마야!

무죄를
입증하지 못한 이상
변명의 여지는 없어!

오늘자
신문 봤어?

네…?
아… 아직…

읽어봐.

연쇄살인범에 사형선고, 강경해지는 사법부

이건…

태경실업 압수수색. 최민혁 검찰총장,
민관유착의 고리 끊겠다, 의지.

무슨 뜻인 줄 알겠어?

사형 판결은 본보기라는 거야.

… 본… 본보기요?!

그래.

뭔가 이상하다는 건 느끼고 있었어…

정명 검사는
둘째치더라도

재판장 또한
빨리 판결을 내리려
한다는 인상이 강했었지…

결정적으로 두 번째 공판에서
사형선고를 담은 판결문까지
미리 작성해뒀었잖아.

그러고 나선 기다렸다는 듯
태경실업 압수수색에 들어갔다?

온갖 비리의 본거지인 걸 알면서도
쉽사리 치지 못했던 태경을?

이것만 봐도
알 수 있어.

아마도 사형선고는
예정된 쇼였던 거야.

어… 어째서요?
태경실업하고 이 사건하고는
전혀 무관하잖아요?!

조금 다른 의미에서
무관하지 않아.

지난달에 일어났던
유수호 침몰 사건은
너도 잘 알 거야.

이 사건으로 인해
정부의 무능한 대처 능력에 대한
비판이 일기 시작했고

꽁꽁 숨겨왔던 고위층 관료들의
비리가 낱낱이 밝혀지게 됐지.

하필 여기에 전 검찰총장까지
온갖 구설수로 물러나면서

정부와 고위 공직자에 대한
국민들의 신뢰도는 걷잡을 수 없이
곤두박질치게 됐었는데…

이 때문에 근심에 쌓인 정부가
고심에 고심을 거듭하다
기용한 게

최민혁
검찰총장이었어.

최민혁 검찰총장…
이라면…

들은 적 있어요…

검사장 시절 아내와
친인척들이 억대의 금품을
받은 적 있었는데

총장이 직접
아내와 친인척들을
싸그리 잡아들여

철혈의 검사라는
별명이 붙었다는…

맞아. 실제로도 뛰어난 능력과
청렴하고 강직한 이미지로

많은 검사들의 존경을
한 몸에 받고 있지.

아무튼 정부는 총장을
내세우면서
쇄신을 꾀하려 했고,

총장 입장에서도
그에 부응하기 위한
실제적 행동이
필요했는데

하필 그때 마침
우리가 맡은 살인 사건이 터져서
타깃이 됐던 거지…

강력 범죄에 대한 사형 제도의 부활.
부패관리 색출과 민관유착 비리 척결.

땅에 떨어진
정부의 위신을 세우고
국민들 눈을 돌리기엔
안성맞춤 아니겠어?

사법부까지
합세한 걸 보면
확실히…

네…
어려울 겁니다.

진실이 뭐든 간에
이대로 밀어붙이려 들겠군요…

그… 그렇다 해도
이대로 승복할 순 없잖아요?!

항소는
해봐야죠?!

당연히
항소할 거야.
할 건데…

검찰이 이렇게까지
사력을 다해 이기려는
사건이라면

웬만한 수준으로는
꿈쩍도 하지 않을 거야.

따라서
조금 더 본질적이고 확실한 입증이
뒤따라야 할 필요가 있어요.

더 끌고 가봤자
승산도 없고,

여기서 완벽한 증거들로
화력 집중해서 끝장내버려야
한다는 말이에요.

이게 얼마 만입니까?

형님~!
보고 싶었다능~!

삼촌~!!
삼촌도 오랜만임다!!

으헤!! 일거리도 없고
너무 외로웠다고요!! 제!!

ㅋㅋ 앞으로도
죽을 때까지
그럴 텐데… 뭘…

암튼 웬만해선 알아서
잘 처리하는 형님이

저까지 부른 걸 보면
뭔가 안 풀리셨나 보죠?

맞아.

지독하게
뒤통수를 맞아버렸어.

해서 말인데,
이 인간 뒤 좀 알아봐줘.

오호라~ 그러니까
이놈이 우리 형님 속을
그르케 썩인 놈입니까~?

227

허어…

반반하게 생겼네요?
형님이 좋아할 만한
얼굴인데?

일부러
니 취향으로 고른 거니까
사양하지 말고.

이번 항소에서 밀리면
무죄를 위한 변호는 끝이라
생각하세요.

석두도 그렇고,
다들 지금 하는 말
명심하세요.

솔직히… 지금이라도
죄의 감경을 위한 변호를 하는 게
최선일지도 모릅니다.

하지만 여기 모인 모두
형석이의 무죄를 믿는만큼

이번 항소 재판은
최선을 다해봅시다.

사무장님은 항소 준비와
재판 자료들 정리를 좀
부탁드릴게요.

혜연이는 설강민이 보냈다는
택배가 정확히 어디로 또 누구에게
배송됐는지 알아봐주고.

석두, 넌 방금 말했듯
그 사람을 조사해줘.

이번 재판의 열쇠는
그 사람이니
신경 좀 써줘.

씨익

받들어
모시겠습니다!

FILE.32

○○아파트 CCTV요?

기록보관실

뚜벅

뚜벅

아 혹시
거기 살인 사건 났던 데
말씀하시는 건가요?

네, 맞아요.

뚜벅

뚜벅

그거라면 경찰에서
다 가져갔는데…

아뇨, 제가 확인하고 싶은 것은
그쪽 말고 뒤편입니다.

거기가… 아마
3동…일 겁니다.

아… 그러시면
잠시만…

대략 10시 근처
영상으로요.

영상은 보통
얼마 정도 보관해두죠?

영상자료 용량이
너무 커서 두 달까지만
CD로 보관해두고
있습니다.

… 여기!
찾았네요~

하나는 엘리베이터,
나머지가 입구 쪽
CCTV 영상이에요.

아아~ 네,
감사합니다.

근데
입구 CCTV?

이건 어디 설치돼
있는 거죠?

이건 모든 아파트 동
1층 입구마다 있는 건데…

보통 출입하는 사람을
모두 찍을 수 있는 위치에
설치합니다.

아하! 지난번에 봤던 것 같네요.
그러면 혹시 사건 현장 입구 CCTV도
경찰이 가져갔나요?

팔락

2동 말씀이시죠?

아…뇨.

보니깐
그쪽 입구 CCTV는 고장 나서
영상 기록이 없네요?

고장…이요?

… 언제부터요?

어… 영상 재생이 안 나오기 시작한 게
2월 15일부터고…

고장 신고가 들어온 건
2월 20일이네요…

고의적인
파손 흔적이 있어서

경찰에서 14일과 15일의 영상 파일을
가져갔던 걸로 기록돼 있네요.

우우우우우웅!!

아무튼
협조 감사합니다.

따르릉!

여보세요?

알아봤어?

어, 어.

알았어,
지금 어디야?

빨리 오셨네요?

너 전화했을 때가
막 끝났을 때였어.

아~
다녀오신 건 어떻게…
잘되셨어요?

응, 영상 파일은 전부
USB에 옮겨 담았어.
아직 확인은 못 했고.

그럼 일단 저 조사한 거
먼저 말씀드리면 되려나요?

한경택배에서 확인된 배송지는
충남 예산군 소재
3층 빌라의 2층이었고,

받는 사람은 이명학 씨
앞으로 돼 있었는데…

특이한 게, 4시까지 시간 맞춰
배송해달라고 했었대요?

부스럭

그런데 그쪽 부동산에
전화해서 알아보니까

그 빌라는 3층 한 가구를 빼고는
사람이 안 산 지
벌써 2년 정도 됐다더라구요?

그래서
담당 택배 기사를 찾아가서
어떻게 전달했냐고 물었는데

그분 말로는 그냥…
본인이 직접 수령한 걸로
기억한다고 했어요.

인상착의는?

그게…
나이 드신 분이다 보니
그걸 어떻게 기억하냐고
막 화내시더라구요…

일단… 알겠어.
거기 주소 내비에 찍어봐.

아… 네!
바로 가시게요?

… 어.

바로
갈 거야.

재판 때 보니까
검찰 쪽은 택배에 대해서
이미 잠정 결론 낸 것 같더라고.

수령자는
이미 도망간 걸로
말이야.

설강민이 보낸 택배는
명백한 마약 거래의
일환이었고,

14日

첫 공판

15日

16日

<- 택배 조사 ->

17日

두번째
공판

충분한 수사가 이루어지지
않았을 가능성이 커.

뭔가 얻을 게 있다면
기회는 지금뿐이야.

걔네들 맘 바뀌기 전에
빨리 조사하는 게 낫지.

흐음…

들고 보니…
그러네요…

뻑

그럼 일단은
가보자구요.

형석이 구하러…

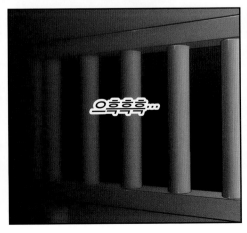

아, 듣기 싫어!!

잠잠하다 싶더니만!! 결국!

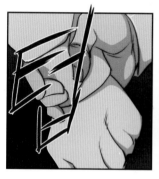

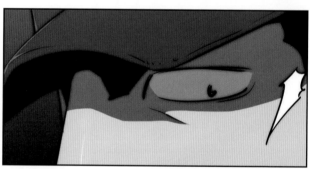

끄ㅇㅇㅇ억…

어어어… 흐흐흐흑… 흐흑…

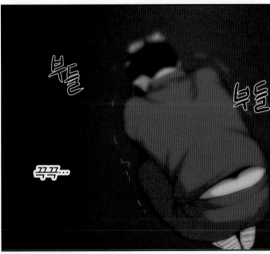

부들

부들

꾸꾸…

아니야…

부들

아니라고…

부들

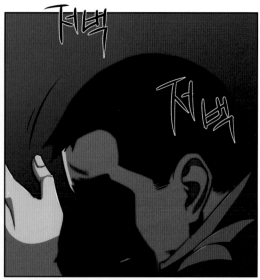
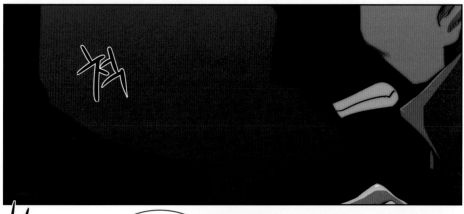

CCTV가
망가졌었다고요?

부
우
우
우

에에?

그래.

살인 사건 4~5일전
누군가가 고의로
파손한 흔적이 있었어…

그날은…

2/14　2/15　2/16

면접

형석이가
아르바이트 면접을 갔던
15일 자정으로부터
딱 하루 전날이야.

역시… 뭔가
있는 걸까요?

아마도…

뭔지 잘은 몰라도
이 사건엔 뭔가 숨겨져
있긴 있다는 거지…

…

선배는…

형석이가
한 말 믿으세요?

…

뭐… 지금 같은 상황에서
별수 있나?

믿어야지.

FILE.33

계세요~?

뭐야?
없잖아?

여긴 산다고
하지 않았냐?

저도… 그렇다고
듣긴 했는데…

어떤 잡것들이 귀창 떨어지게
문 뚜들기고 지럴들이야!!

옆에 벨 안 보여?!

뭐여, 니들은?
뭔데 여서
이러구들 있어?

아, 안녕하세요~
계신지 몰랐네요~!

저희는 변호사고,
중요한 사건을
조사 중에 있는데요~

중요한 사건?

별건 아니고
몇 가지 질문만
좀 드리고 싶어서요.

바로 아래층엔
아무도 살지 않는 건가요?

… 아래층 말여?

재개발한다 어쩐다
말만 많았지 뭐 된건 없어서

전체로다가 사람
안 산 지는 꽤 됐지.

아…

그런데 저희가 이상한
애길 들어서 그런데

혹시… 몇 주 전에
택배 하나 받지 않으셨…

아 몰러!
그런 거 없어!

받은 적 없으니까!!
귀찮게 말고 썩 꺼져!!

거참… 인심 한번
되게 꽉꽉하네…

쫌….그냥
상냥하게 말해주면
어디가 덧나나?

그러게요…
굉장히 까칠하게
반응하시네요…

뭐 그런 닭기슴살 같은
노인녀가 다 있지?

뚜벅

뚜벅

또각

또각

근처… 조사를 하는 게 나을까요?

아직 6시니깐 어느 정도 시간이 남긴 한데…

할 수 없지.

여기에 사는 사람이라곤 저 퍽퍽한 할아부지뿐이니.

일단 너랑 나랑 찢어져서 수소문해보자.

그리고 조사가 길어지면 이틀 정도 있어야 될지 모르니깐

나는 시내 쪽 돌아다니면서 숙소도 같이 알아보고 있을게.

넵!! 그럼 제가 이쪽부터 돌고 있을게요!

오키, 수고 좀 해줘~

못됐어 정말! 저한테도 좀 잘 대해달라구요!

이렇게 열심히 하는데 맨날 구박만 해!

자 자~ 투정은 나중에 부리고 뭐라도 건진 거 있어?

아… 아뇨. 다들 이번 축제 전까진

외부인 자체를 본 적이 없다고들 하더라구요…

흐음… 그럼 어쩐다…

이 근처 숙박업소들은 방금 네가 말한 온천축제 때문에 남은 방이 없다고 그러는데?

진… 진짜요?! … 그럼 어떡하죠…?

비 맞아서 빨리 씻고 싶은데…

사실 난 차에서 자도 되는데 니가 다 젖어서 문제네… 찜질방 같은 데라도 갈까?

찜질방이요…? 다… 다른 덴 없을까요? 저 그런 데선 잠을 잘 못 자서…

아! 성당 어때요?
저쪽에 성당 있던데…

뭐 성당에서 잠도 재워주냐?
영화 너무 많이 본 거 아냐?

교육관이나 숙박 시설이 있는 큰 성당은
양해 좀 구하고 일정 금액 내면
된다고 한 것 같아요~

아까 돌아다닐 때 봤는데
이쪽 성당은 꽤 크던데요?

좋아.

딱

저기요~

아무도
안 계시나요?

야, 어떻게 된 거야?
문 닫혀 있는데?

미사… 시간이
아니라서 그런가?

이 큰 성당에
아무도 없진 않을 테니
한번 찾아봐야…

무슨 일이시죠?

뚜벅

뚜벅

아!

수녀님!

정말 감사해요,
수녀님!

이 근처 숙박 시설이 꽉 차서
정말 난처했었거든요.

뭘요.
당연히 도와드려야죠.

젖은 옷은
관내에 건조기가 있으니
그거 쓰시면 되고요.

와~
정말 감사합니다!!
앗?!

저… 저기 그런데
혹시 건조시킬 동안만 입을
여분의 옷도 구할 수… 있을까요?

그럼요~
제가 가져다드릴게요~

아… 수녀님…
완전 감사드려요.

여벌 옷도 없이 젖어버려서
잘 데 구해도 옷은 어떻게 하나
걱정하고 있었거든요… 힝힝…

고마워요, 정말로~

물끄럼

뚜벅

뚜벅

수녀님,
저 꽃은 뭐죠?

네?

아아~ 이쁘죠?
히아신스라는 꽃이에요~

주룩

주룩

주룩

이 꽃, 우리나라에선
꽃집에서도 보기 힘든
귀한 꽃이라고 해요.

귀한 꽃…?

그런 꽃치곤 오늘 이 근처에서 몇 번 더 본 것 같은데요…?

전주에 주임신부님이 봉사 가시는 곳마다 꽃을 나누어드렸었는데 그걸 보신 것 아닐까요?

아하…! 봉사…

뚜벅

뚜벅

멈칫

수… 수녀님…

저… 저기
뜬금 없지만

주임신부님을
지금 좀 만나 뵐 수
있을까요?

그나저나 아까는 왜 그랬던 거예요?

응?

아까 말이에요~

주… 주임신부님을 지금 좀 뵐 수 있을까요?!

갑자기 너무 심각하게 말씀하셔서 깜짝 놀랐어요.

… 꽃 때문에 그랬어.

아까 수녀님한테 물어봤던 꽃…

처음에 들렀던 빌라에서 노인이 살던 집 앞에도 놓여 있었어.

에엣? 정말요?

있… 있었던 같기도 한데 그게 그거였었나?

눈 좀 뜨고 다니라고…

풀 썩

아무튼 주임신부님이 거기로 봉사를 나가신다는 뜻인데…

주임신부님 오는 대로

주룩

주룩

이야기를 좀 들어봐야겠어.

네에에에?!

그때 벌써
전부 냈다구요?

못… 못 들었었는데?

턱

일단… 알겠습니다.

제가 지금 형한테
다시 물어보겠습니다.

딱
딱

뚜벅

뚜벅   뚜벅

수우호오
형님 번호가…

여보세요?
여보세요?

형님!
밀월여행은 할 만하슈?!

그렇게 배신 때리고
우리 이쁜이랑
가버리면 어떻게 함까?

여기 이쁜이가
없어서 기각.

말은 똑바로 해야지.
쟤가 바락바락 우겨서
어쩔 수 없이 끌고 왔구먼.

선배!!
또 내 욕하는
거죠?!

조사는?!
다 끝냈고 이러는 거야?

아ㅋㅋ
광속으로 일처리하고 있습니다.
왜 이렇게 과민 반응~?

지금도 조사 때문에
병원 갔다 오는 길임다.

병원은 왜?

일단 중간 보고부터
들어보십쇼!

이찬석 형사!
나이 30세,

가족은 부인과
파워 속도위반으로
6살짜리 아이가 하나!

캬 부럽다 부러워.
형님도 이제 결혼…

쓸데없는 추임새는
좀 빼라.

빵빵

뚜벅

뚜벅

큭큭, 좌우간 형님이
중점적으로 부탁하신 게

'큰돈이 필요했던 적이 있느냐'
'언제 그걸 해결했냐'
아닙니까?

조사해보니
이 형사 아이가
백혈병으로
투병 중에 있습디다.

그런데 이 형사가 꾸역꾸역
입원비와 치료비를 다 내고 있었고,
이번엔 거액의 수술비까지
납부했더라고요?

아니?! 수술비만 해도
2천 정도가 필요한데

당장 먹고살기도 빠듯한
이 형사 내외가 어떻게
이 큰돈을 다 냈을까요?

그래서
입금이 된 날은?

274

차일피일 미루다가
한 번에 완납한 게…
2월 26일,

멈칫

살인 사건 발생
5일 후네요.

1차 공판이 끝났을 때가 아니라?

빠

아

아

앙

근데 납입 시기가
그렇게 중요한 겁까?

부

웅

부

우

웅

것보다는
거액의 수술비를 한 방에 냈단 것,
그 자체가 문제 아닙니까?

그것도
그렇지만

꾸

주룩

주룩

납입 시기에 따라
이 형사가 내 뒤통수를 친 이유가
미묘하게 달라지거든.

275

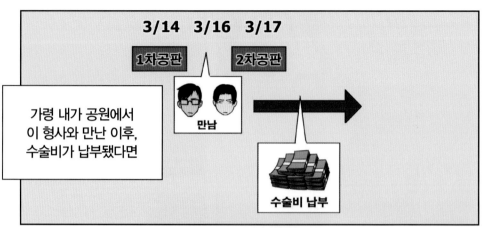

3/14 3/16 3/17

1차공판 2차공판

만남

수술비 납부

가령 내가 공원에서
이 형사와 만난 이후,
수술비가 납부됐다면

그때 말한 이야기는
진실이었지만

감시당하고 있어
시간을 지체할 수
없습니다.

나머지 이야기는
법정에서 하겠어요.

이후에 누군가
이 형사를 꼬드겨서
재판에서 거짓말하게
만들었다는 뜻,

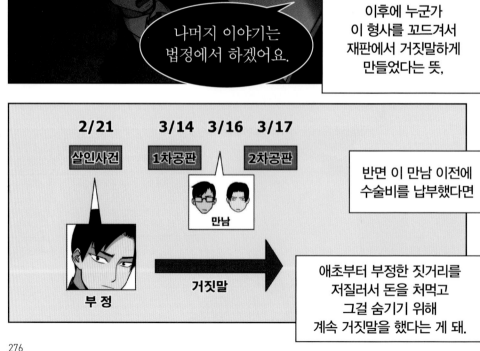

2/21 3/14 3/16 3/17

살인사건 1차공판 2차공판

만남

부정

거짓말

반면 이 만남 이전에
수술비를 납부했다면

애초부터 부정한 짓거리를
저질러서 돈을 처먹고
그걸 숨기기 위해
계속 거짓말을 했다는 게 돼.

당연히 수술비를 완납한 시점이

큰돈이 생긴 시점일 테니까.

흐음… 그러면 이 형사 이 새끼,

애초에 거짓말쟁이 부패 경찰이었다는 거네요?

싸아아

암튼 잘 알아먹었슴다.

첨벙 첨벙 탁 탁

추가적으로 더 조사해보고 또 연락드리겠슴다.

그래, 나도 가봐야겠다. 계속 수고 좀 해줘라.

통신 끝.

쏴
아
아
아

어디다 뒀…더라~

여기였…

두덩 두덩

계세요~?

탕 탕
탕

멈칫

아…!

끼익

278

저… 그런데 사실
몇 가지 물어보고 싶은 게
있어서 찾아왔는데…

시간이 늦어서
인사도 못 드렸네요.

불편하신 건
없으신지요~?

하하, 너무 잘해주셔서
불편할 겨를이 없네요.

허허, 다행이네요~
아무쪼록 편히 쉬다
가셨으면 좋겠습니다.

시간이 늦어서
이래도 되나 싶네요.

아뇨~
괜찮고말고요.

이쪽으로~
이쪽으로 오시죠, 네.

타지에서 오신 것 같은데
축제 때문에 오셨나요?

아뇨~
다른 볼일 때문에 왔는데
때마침 축제 기간이었네요~

덕분에
숙소가 하나도 없어서
방황했었네요.

허허, 가는 날이
장날이라더니

원래 촌이라
이런 날이 거의 없는데
시기가 안 맞아서
고생하시네요.

아닙니다. 공기도 좋고
꽃구경도 많이 했는걸요?

으음?
꽃 말씀이십니까?

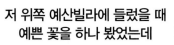

저 위쪽 예산빌라에 들렀을 때
예쁜 꽃을 하나 봤었는데

수녀님께 들어보니
신부님이 갖다 놓으신
거라고 하더라구요.

봉사 나가는 곳마다
선물로 나눠드렸었는데…

달각

마음에 드셨다니
기분이 좋네요.

봉사~?
정말 좋은 일 하고
계시네요~

그럼 그 예산빌라로
자주 봉사를
가시는 건가요?

달각

끄벅

허허,
매주 한 번씩은
찾아갑니다.

사제로서 당연한
일을 하는 거죠.

그런데
예산빌라에 볼일이
있으셨다니
희한한 일이네요~

주륵

쿠르릉

쿠르릉

그쪽은 워낙 발길이
뚝 끊긴 곳이라 사람들이
잘 안 가는데.

주륵

안 그래도
예산빌라 일 때문에
여쭈어보고 싶은 게
있었는데요…

쿠등
쾅

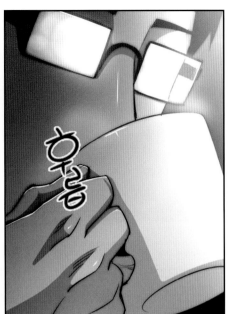

후릅

예산빌라
1층에서…

달그덕

?!

깜짝

시체가
발견됐습니다.

시… 시체 말씀이십니까?!
처… 처음 듣는 얘긴데요?!

지금 비밀리에
수사 중인 사건이라
그렇습니다.

그것참 이상하네요…
사는 사람도 없는
외진 곳인데…

아련

부천

누가
그런 짓을…

그 점을 노린 것
같습니다.

만작   만작

접근이 드문
외진 곳이라

살인 사건이
벌어졌음에도
아무도 몰랐던 겁니다.

봉사 다니신다고 하셨는데…
예산빌라에 대해
얘기해주시겠습니까?

호름

아… 네…

예산빌라에 봉사를
다닌 건 3년 전부터였습니다.
애당초 그 건물은
너무 낡아서 붕괴된다 어쩐다
말들이 많았었는데

2년 전쯤 3층 한 집을 빼곤
모두 이사 가버려서
요 근래가 아니라
최근 몇 년간 발길이
뚝 끊겼었답니다.

저도 봉사 다니면서
최근은 물론 근 몇 년간

그쪽에선 사람 자체를
본 적 없었는데…
저로서는 참 의아하…

화들짝

살인 사건이 일어난
지난 2월 24일 4시

예산빌라에 가는
신부님을 본 목격자가
있었습니다.

285

신부님은 정말
봉사를 하러 간 것
맞습니까?

자… 잠…
잠깐!!

혀… 형제님…
지금 그게 무슨…

벌벌

지금 혹시 설마…?
저를 의심하시는 겁니까…?

그날 거기에
갔던 건 맞지만
추호도 그런 짓을…

죄송합니다.
살인 사건 얘기는
거짓말입니다.

…?

3주 전에
예산빌라에 온 택배에 대해
조사 중입니다.

솔직히
말씀드리겠습니다.

사실 전 변호사로,
살인 사건이 아닌

주변 상인들 말로는
축제 시작 전까지는 타지 사람을
본 적 없었다고 했고,

택배수령이 된 시기가
지난달 24일 4시.

동네 주민들은
예산빌라에 갈 일이 없다
했습니다.

그렇다면 결론적으로
당시 예산빌라에 있었던 사람은

3층에 사는 어르신과

봉사를 갔던
신부님으로 압축됩니다.

뭐… 뭐요…?!

하지만 3층 어르신이
택배를 받을 예정이었다는 것은
상식적으로 말이 안 됩니다.

불법적인 물건을 받는데
굳이 신부님의 봉사 시간과 배송 시간을
겹치게 잡았을 리 없을 테니까요.

그렇다면 결과적으로
택배를 수령할 수 있는 사람은
한 명밖에 없죠.

4권에서 계속

내가 안했어요 3

초판 1쇄 인쇄 2017년 5월 24일
초판 1쇄 발행 2017년 6월 7일

지은이 민형 · 김준석
펴낸이 김문식 최민석
디자인 손현주 한은영
편집디자인 투유엔터테인먼트(정연기)

펴낸곳 (주)해피북스투유
출판등록 2016년 12월 12일 제2016-000343호
주 소 서울시 마포구 성지1길 32-36 (합정동)
전 화 02)336-1203
팩 스 02)336-1209

ISBN 979-11-88200-25-2 (04810)
        979-11-88200-22-1 (세트)